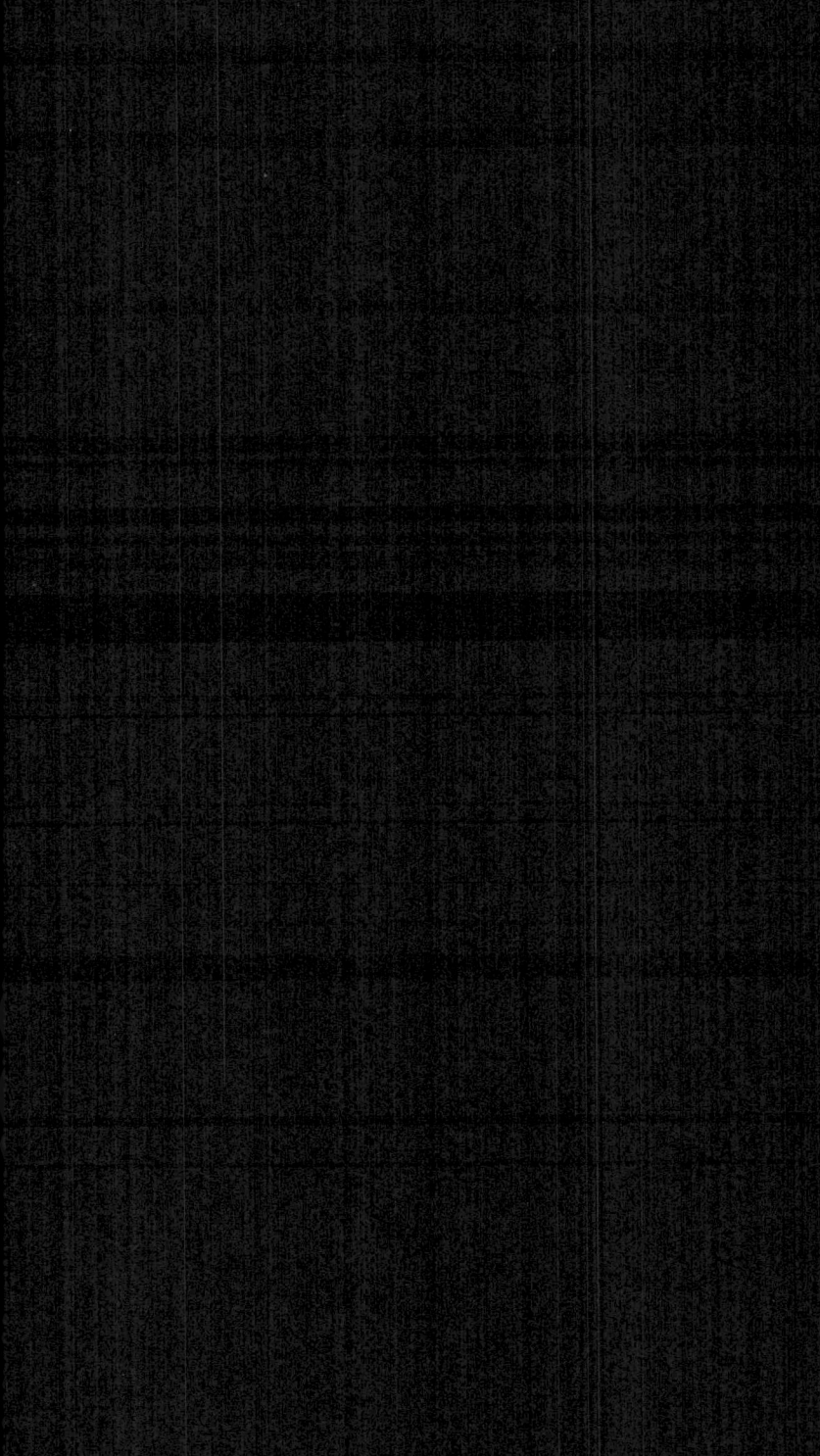

Khalil Gibran

Die Nymphen der Täler

Khalil Gibran

Die Nymphen der Täler

der Täler

Drei Novellen

Walter Verlag
Zürich und Düsseldorf

Die arabische Originalausgabe erschien
unter dem Titel «'Araïs al Murug»
Aus dem Arabischen übertragen von
Ursula Assaf-Nowak und S. Yussuf Assaf.

Die Deutsche Bibliothek – C I P-Einheitsaufnahme
Ǧibrān, Ǧibrān Ḥalīl:
Die Nymphen der Täler: drei Novellen / Khalil Gibran. [Aus dem
Arab. übertr. von Ursula Assaf-Nowak und S. Yussuf Assaf] –
Zürich ; Düsseldorf : Walter, 1999
I S BN 3 - 5 30 - 10019 - 6

Satz: Jung Satzcentrum, Lahnau
Druck und Einband: Clausen & Bosse, Leck
I S BN 3 - 5 30 - 10019 - 6

Inhalt

Vorwort

Khalil Gibrans zweites Werk *Die Nymphen der Täler* erschien im Jahre 1906 in New York. Aus der
Neuen Welt wendet sich der 23jährige Emigrant
an die Leser seiner arabischen Heimat; er fordert
von ihnen, sich gegen überholte Gesetze aufzuleh-
nen und sich aus der Front veralteter Traditionen
und entmündigender Institutionen zu befreien. Dabei soll «die Natur ihr Lehrmeister sein, die Menschlichkeit ihr Lehrbuch und das Leben ihre Schule».

Das Werk besteht aus drei Novellen, in denen
die Themen seiner späteren Werke bereits anklin-
gen. Die erste Erzählung ist eine Hymne auf die
Liebe, deren «ewiges Feuer den Staub der Jahrhunderte» überdauert. Im Herbst des Jahres 116
v. Chr. stirbt Nathans Geliebte. Etwa 2000 Jahre
später, im Frühjahr des Jahres 1890, trifft der Hirte
Ali al-Husseini in den Ruinen Baalbeks auf ein
schönes Mädchen. Beide erinnern sich an ein frü-

heres Leben, in dem sie sich bereits begegnet waren und sich geliebt hatten. Die Göttin Astarte hat sie in diese Welt zurückgebracht, damit die beiden endlich ihre Liebe verwirklichen können.

Schon in diesem frühen Werk beschäftigt sich der junge Gibran mit dem Thema der Reinkarnation. Es ist möglich, daß er in seiner neuen Umgebung, dem Chinesenviertel von Boston, diesem Lebensverständnis begegnet ist. Doch auch in Syrien und im Libanon glauben die Alawiten und Drusen an die Seelenwanderung, wonach die Seele solange in einen anderen Körper wiederkehrt, bis sie vollkommen ist und bereit, in Gott aufzugehen. Der islamische Mystiker Jalal ad-Din Rumi schreibt in seinem Mathnawi: «Ich bin nur eine Seele, aber ich habe hunderttausend Körper.» Und in einem Brief Gibrans an seine Förderin und Freundin Mary Haskell heißt es: «I feel sure, we have lived before.» Und der Prophet Al-Mustapha aus Gibrans Hauptwerk *Der Prophet* verabschiedet sich von den Bewohnern von Orphalese mit folgenden Worten: «Vergeßt nicht, daß ich zu euch zurückkommen werde. Eine kleine Weile noch, und meine Sehnsucht wird Staub und Schaum für einen anderen Körper sammeln. Eine kleine Weile noch, ein Augenblick des Ruhens auf dem Wind, und eine andere Frau wird mich gebären.»

In dieser Geschichte *Der Staub der Jahrhunderte und das ewige Feuer* dient ihm der Gedanke der Reinkarnation dazu, die Unendlichkeit der Liebe zu betonen, die alle Zeit und allen Tod überdauert.

In einer Widmung dieses Werkes an seinen Freund Jamil al-Ma'luf schreibt Gibran: «Die erste Novelle ist die Frucht unserer Unterhaltung über die wahre zweite Hälfte des Menschen, mit der sie in ewiger Liebe verbunden ist.» von der es im *Propheten* heißt: «Wenn die Liebe dir winkt, folge ihr, sind ihre Wege auch schwer und steil.»

Handelt die erste Novelle also von der ewigen Liebe, der man glauben und folgen soll, wenn sie ruft, so erzählt die zweite Geschichte von einer Frau, die einem Mann folgt, bevor sie den Ruf ihres Herzens hört. Hier ist es nicht die Liebe, die zwei Menschen eint, sondern ein junges Mädchen läßt sich durch galante Worte und schlechte Absichten verführen. Ein Reitersmann lockt die 16jährige Martha in die ihr fremde Stadt und verläßt sie, als sie schwanger ist. Um für ihren und ihres Sohnes Lebensunterhalt aufzukommen, sieht Martha keinen anderen Ausweg als die Prostitution.

Der Erzähler trifft Martha vor ihrem frühen Tod im Elendsviertel von Beirut und spricht ihr Mut zu: «Es ist besser, ein Opfer menschlicher Schwäche zu sein, als zu den Starken und Unterdrückern zu gehören, welche die Blumen des Lebens mit ihren Füßen zertreten.»

Diese Begegnung des Erzählers mit Martha erinnert an die Begegnung Jesu mit der Samariterin. Wie sein Vorbild, der Menschensohn Jesus, macht sich Gibran zum Anwalt der schwachen und entrechteten Frau, die im Orient noch häufig von der Familie mit einem reichen oder einflußreichen Mann verheiratet wird, den sie nicht liebt; und oft geschieht es, daß diese Frauen an der erzwungenen Ehe seelisch zugrundegehen. In seinem Roman *Gebrochene Flügel* läßt Gibran Salma sagen: «Herr, was hat die Frau getan, um deinen Zorn zu verdienen? Welche Schuld hat sie begangen, daß du ihr bis zum Ende der Zeiten zürnst? ... Du hast sie in Liebe erschaffen, warum vernichtest du sie durch die Liebe?»

Die Geschichte *Martha aus Ban* wurde im Jahr 1910 von einem Pariser Verlag für eine Sammlung der besten Novellen der Welt ausgewählt.

Gibran will mit dieser Erzählung auch den Unterschied zwischen Stadtleben und Landleben herausarbeiten. Marthas Kindheit spielt sich in der Gebirgslandschaft des Nordlibanon ab, die auch Gibrans Heimat ist. In eindrucksvollen Bildern beschreibt er ihre Schönheit. Diese Natur prägt Marthas heiteres Gemüt, während die Stadt sie erdrückt, und das Leben in ihr erstickt.

Für Gibran ist die Natur der Ort, wo der Mensch zu sich selber und zu seiner göttlichen Bestimmung findet. Sie ist der heilige Tempel, in dem er Gott begegnet.

Auch in der dritten Novelle, *Johannes der Narr,* geht es um entrechtete und ausgebeutete Menschen, diesmal seitens des Klerus, von dem es hier heißt: «Sie füllen die Luft mit Weihrauch und Kerzenschimmer, und sie versäumen es, die Mägen der Gläubigen mit Brot zu füllen.»

In seiner damals für ihn neuen amerikanischen Umgebung mit einem mehrheitlich protestantisch-puritanischen Klerus wird Gibran der Unterschied zur feudalen Geistlichkeit seiner Heimat, die er mit den Händlern im Tempel vergleicht, besonders aufgefallen sein. Auch die Ideen der Französischen Revolution und seine Lektüre von Nietzsche, Renan u. a. werden zu dieser kritischen

Haltung beigetragen haben, die sich durch sein gesamtes Werk zieht.

Diese Geschichte handelt von dem Hirten Johannes, der mit dem Klerus in Konflikt gerät. Während er seine Herde weidet und dabei in die Lektüre des Neuen Testaments vertieft ist, bemerkt er nicht, wie sich die Tiere auf die Ländereien des nahegelegenen Klosters verirren. Die Mönche konfiszieren sie und verlangen für die Rückgabe eine hohe Wiedergutmachung. Da er sie nicht zahlen kann und es auch noch wagt, den Mönchen wegen ihres unchristlichen Verhaltens Vorhaltungen zu machen, sperrt man ihn ein. Seine alte Mutter gibt dem Abt ihr einziges kostbares Schmuckstück, um ihn freizukaufen.

Bei der Einweihung der neuen Pfarrkirche in Becharre erlebt Johannes den Kontrast zwischen der Prachtentfaltung der Kirche und dem Elend der Landbevölkerung. Er ruft die Bauern zur Rebellion gegen den klerikalen Feudalismus auf und wird erneut gefangengenommen. Diesmal ist es sein alter Vater, der ihn aus dem Gefängnis befreit, indem er bezeugt, daß sein Sohn verrückt sei.

«Verrückt» ist für Gibran derjenige, der sich über veraltete Wertvorstellungen und Überlieferungen hinwegsetzt, ohne sich darum zu kümmern, was die anderen von ihm halten oder sagen. Der Narr in seinem gleichnamigen Buch sagt: «... in meiner Narrheit fand ich Freiheit und Sicherheit: die Freiheit der Einsamkeit und die Sicherheit vor dem Verstandenwerden.» Und an anderer Stelle heißt es: «Nur ein Idiot und ein Genie brechen die von Menschen geschaffenen Gesetze; sie sind dem Herzen Gottes am nächsten.»

Die Nymphen der Täler gehört zu den Werken, die Gibran noch in seiner arabischen Muttersprache schrieb. In ihnen überwiegt die Kritik an der Unterdrückung und Ausbeutung des Menschen durch Traditionen und Institutionen. Später wird er seine Werke in englischer Sprache verfassen. In ihnen läßt die Kritik an den Lebensumständen im Orient nach; vielmehr versucht er nun, den westlichen Lesern die reichen Schatztruhen östlicher Spiritualität zu öffnen. So wird er zur Brücke zwischen Orient und Okzident. Für seine Heimat wird er zum Erneuerer der Literatur, der mit einigen anderen befreundeten Dichtern die Renaissance der arabischen Dichtung einleitete.

Ursula Assaf-Nowak

*Der Staub der Jahrhunderte
und das ewige Feuer*

I

Die Nacht war still, und alles Leben schlief in der Stadt der Sonne*. In den Häusern, die um die großen Tempel inmitten von Öl- und Lorbeerbäumen verstreut lagen, waren die Lampen schon lange erloschen. Der Mond beschien die hohen, weißen Marmorsäulen, die in der lautlosen Nacht wie riesige Wachposten vor den Schreinen der Götter standen. Stolz blickten sie auf die Burgen des Libanon, die sich in fernen Höhen auf zerklüftetem Gelände erhoben.

In dieser weihevollen Stunde, die zwischen den Geistern des Schlafes und den Träumen der Unendlichkeit schwebt, betrat Nathan, der Sohn des Priesters, den Tempel der Astarte. In seiner Hand trug er eine Fackel, mit der er die Lampen und Weihrauchkessel des Tempels anzündete. Bald erfüllte süßer Duft von Weihrauch, Myrrhe und Ze-

---

* Baalbek

16

dernharz den Raum und hüllte das Bild der Göttin in einen zarten Schleier – dem Schleier der Sehnsucht gleich, der das menschliche Herz umhüllt. Er warf sich vor den mit Gold und Elfenbein verkleideten Altar nieder, hob seine Arme im Gebet und blickte mit tränenfeuchten Augen zum Himmel. Mit kummervoller Stimme seufzte er:

«Erbarme dich, große Astarte! Erbarme dich, Göttin der Liebe und Schönheit! Hab Mitleid mit mir, und entferne die Hand des Todes von meiner Geliebten, die meine Seele erwählte, um deinen Willen zu erfüllen. Die Heilkünste und Heilmittel der Ärzte haben ihr nicht geholfen, und die Zauberformeln der Priester und Weisen waren vergebens. Nun bleibt mir nur noch, deinen heiligen Namen anzurufen und dich um Beistand zu bitten. Schau auf mein bußfertiges Herz und erhöre mein Gebet! Laß die Geliebte, die ein Teil meiner Seele ist, leben, damit wir uns an den Geheimnissen deiner Liebe erfreuen und über die Schönheit der Jugend frohlocken, dir zum Ruhm und zur Ehre. Aus der Tiefe meiner Seele rufe ich zu dir, heilige Astarte. In der Dunkelheit dieser Nacht suche ich den Beistand deiner Huld und Gnade. Höre mein Rufen! Ich bin dein Diener Nathan, der Sohn deines Priesters Hiram, der sein Leben für den Dienst an deinem Altar geopfert hat. Ich liebe ein Mädchen und habe sie zur Gefährtin meines Lebens erwählt. Doch die Djinnenbräute waren eifersüchtig auf uns und hauchten ihr eine seltsame Krankheit ein. Sie schickten ihr den Boten des Todes, damit er sie in ihre Hexenhöhlen brächte. Wie ein hungriger Tiger liegt er neben ihrem Bett, breitet seine schwarzen Schwingen über sie und streckt seine schmutzigen Hände nach ihr aus, um sie meinem Herzen zu entreißen. Deshalb komme ich zu dir, große Astarte. Erbarme dich meiner, und laß sie leben! Sie ist eine Blume, die den Sommer ihres Lebens noch nicht gekostet hat; sie ist ein Vogel, dessen fröhliches Morgenlied unversehens zum Schweigen gebracht wird. Rette sie aus den Krallen des Todes, und wir werden gemeinsam dein Lob singen und dir zu Ehren Rauchopfer darbringen. Wir werden erlesene Opfergaben auf deinen Altar legen und deine heiligen Gefäße mit köstlichem Wein und duftenden Ölen füllen, und die Vorhalle deines Tempels werden wir mit Rosen und Jasmin schmücken. Weihrauch und Aloeholz werden wir vor deinem Bild verbrennen. Rette uns, du wundertätige Göttin, und laß die Liebe den Tod besiegen, denn du bist die Herrin über beide, über den Tod und über die Liebe.»

Vom Kummer überwältigt schwieg er eine Weile, dann fuhr er fort: «Weh mir, heilige Astarte, meine Träume sind vertrieben, und mein Leben liegt in den letzten Zügen. Mein Herz erstirbt in mir, und die Tränen verbrennen meine Augen. Komm mir zu Hilfe mit deinem Erbarmen, und rette meine Geliebte!»

In diesem Moment trat einer seiner Sklaven ein, näherte sich ihm zögernd und flüsterte ihm ins Ohr: «Sie hat ihre Augen geöffnet, mein Herr, und sucht Euch mit ihren Blicken, ohne Euch zu finden. Nun ruft sie unablässig nach Euch, und ich komme, Euch zu holen.»

Nathan erhob sich und folgte seinem Sklaven mit eiligen Schritten. Er erreichte seinen Palast, betrat den Raum der Kranken und beugte sich über sie. Behutsam nahm er ihre schmale Hand in die seine und küßte ihre Lippen, als wollte er ihr neues Leben einhauchen in ihren abgezehrten Körper. Sie wandte ihm ihr Gesicht zu, das tief in seidene Kissen versunken war und öffnete ihre Augenlider ein wenig. Auf ihren Lippen erschien der Schatten

eines Lächelns, alles was ihr schöner Körper noch
an Leben besaß, der letzte Lichtstrahl einer scheidenden Seele, das Echo der Stimme eines Herzens,
das sich mit schnellen Schritten seinem Ende nähert. Immer wieder nach Atem ringend – wie ein
verhungerndes Kind – flüsterte sie:

«Die Götter rufen mich, Bräutigam meiner
Seele, und der Tod kommt, uns zu trennen. Klagt
nicht, denn der Wille der Götter ist heilig, und die
Forderungen des Todes sind gerecht. Ich gehe
jetzt, aber die Kelche der Liebe und der Jugend
bleiben gefüllt in unseren Händen, und der Weg
eines gemeinsamen Lebens liegt noch vor uns. Ich
entferne mich zu den Gefilden des Geistes, Geliebter, aber ich werde in diese Welt zurückkeh-
ren! Die große Astarte bringt die Seelen der Liebenden in dieses Leben zurück, wenn sie in die
Ewigkeit gerufen werden, bevor sie die Wonnen
der Liebe und das Glück der Jugend geschmeckt
haben. Wir werden uns wiedersehen, Nathan,
und zusammen den Morgentau aus den Kelchen
der Narzissen schlürfen und uns mit den Vögeln
der Felder unter der Sonne erfreuen. Auf Wiedersehen, Geliebter!»

Ihre Stimme wurde immer leiser, und ihre Lippen zitterten wie Blütenblätter im Morgenwind. Nathan liebkoste ihr Gesicht und benetzte es mit seinen Tränen. Als seine Lippen ihren Mund berührten, fand er ihn frostig und erstarrt. Er schluchzte, zerriß sein Gewand und warf sich neben ihren leblosen Körper, während sein gequälter Geist zwischen den Tiefen des Lebens und den Abgründen des Todes schwankte.

In der Stille dieser Nacht zitterten die Augenlider der Schlafenden; die Frauen der Umgebung klagten, und die Seelen der Kinder fürchteten sich, denn die Dunkelheit wurde zerrissen von lautem Wehgeschrei und bitterem Weinen, das aus dem Palast des Priesters der Astarte drang.

Als der Morgen dämmerte, wollten die Nachbarn Nathan in seinem Leid trösten, aber sie fanden ihn nicht. Einige Tage später, als eine Karawane aus dem Osten eintraf, berichtete ihr Führer, daß er Nathan gesehen habe, wie er mit einer Schar Gazellen in der Wüste umherirrte.

Jahrhunderte vergingen, und die Füße der Zeit zertraten die Werke von Generationen. Die Götter verließen das Land, und andere Götter traten an ihre Stelle, Götter des Zornes, die Verfall und Zerstörung stifteten. Sie zertrümmerten den prächtigen Tempel der Stadt der Sonne und ihre herrlichen Paläste. Die grünen Gärten vertrockneten, und die fruchtbaren Felder verbrannten. Nichts blieb in diesem Tal übrig als zerfallene Ruinen, welche die Geister von gestern ins Gedächtnis zurückrufen, und das Echo der Psalmen, die zu Ehren einer vergangenen Macht gesungen wurden.

Doch die Jahrhunderte, die vorübergehen und die Werke der Menschheit zerstören, sind nicht imstande, ihre Träume und Gefühle zu vernichten. Die Träume und Gefühle bleiben bestehen wie der allumfassende, unsterbliche Geist, auch wenn sie manchmal verborgen bleiben wie die Sonne beim Anbruch der Nacht oder der Mond beim Sonnenaufgang.

II

*Im Frühling des Jahres 1890 nach
der Ankunft Jesu des Nazaräers*

Der Tag neigte sich, und das Licht verblaßte, als ob
die Sonne ihre strahlenden Gewänder nach und
nach aus den Ebenen Baalbeks einsammeln wollte.
Ali al-Husseini zog mit seiner Herde zu den Ruinen des Tempels und ließ sich in der Nähe der zertrümmerten Säulen nieder. Sie glichen Rippen
eines verschollenen Soldaten, die in einer Schlacht
zerbrochen und von den Elementen entblößt
wurden. Die Schafe scharten sich um ihren Hirten
und schienen den Melodien seiner Rohrflöte zu
lauschen.

Mitternacht nahte, und der Himmel streute die
Saat für den kommenden Tag in die Tiefen der
Dunkelheit. Alis Augenlider waren schwer von
den Bildern durchwachter Stunden, und sein Geist
war erschöpft vom vorüberziehenden Reigen der
Traumerscheinungen, die durch die verfallenen
Mauern geisterten. Müdigkeit überfiel ihn, und er

stützte sich auf seinen Arm. Er horchte in sein verborgenes Selbst, das angefüllt war mit Inseln der Seligen und Visionen, welche die Lehren und Gesetze der Menschen weit hinter sich zurücklassen... Zum ersten Mal fühlte Ali al-Husseini beim Anblick der Tempelruinen ein merkwürdiges Empfinden in sich erwachen: eine verwirrende Erinnerung an Weihrauch, der aus Kesseln emporsteigt, eine beschwörende Eingebung, die unablässig auf seinen Sinnen spielte, wie die Fingerspitzen eines Musikers auf seiner Laute. Eine neue Wahrnehmung tauchte aus dem Nichts auf – oder vielleicht doch von irgendwoher? Sie bemächtigte sich seiner, bis sie sein ganzes Sein umfing und seine Seele in Ekstase versetzte...

Ali blickte auf den zerstörten Tempel, und seine Müdigkeit machte einem Erwachen des Geistes Platz. Er sah den Altar und die Mauern des zerstörten Tempels klar und deutlich vor sich. Seine Augen wurden starr, und sein Herz klopfte heftig. Wie jemand, der blind war und plötzlich sein Augenlicht zurückerhält, sah er alles vor sich. Er überlegte, und aus den Schwingungen der Gedanken und den Bewegungen des Geistes wurden in seiner Seele die Schatten der Erinnerung geboren. Er entsann sich dieser Säulen, wie sie stolz und aufrecht standen. Er erinnerte sich an Silberlampen und Weihrauchgefäße, die das Bild einer Ehrfurcht einflößenden Göttin umgaben. Er erinnerte sich an ehrwürdige Priester, die ihre Opfergaben vor einen Altar legten, der mit Gold und Elfenbein verkleidet war, an Mädchen, die auf Tamburinen spielten, und an Jünglinge, die der Göttin der Liebe und Schönheit zu Ehren sangen. All diese Erscheinungen erstanden deutlich vor seinem inneren Auge. Er fühlte die Eindrücke schlummernder Bilder, die sein Innerstes erregten. Doch die Erinnerung bringt uns nichts zurück als schattenhafte Umrisse aus der Vergangenheit unseres Lebens, und sie läßt unsere Ohren nur das Echo der Stimmen von einst vernehmen. Was aber bedeuteten diese beschwörenden Erinnerungen eines Jünglings, der zwischen Zelten aufgewachsen war, und der seine Zeit damit verbracht hatte, seine Schafe in der Wildnis zu weiden.

Ali erhob sich und ging zwischen den Ruinen und zertrümmerten Steinen umher. Die fernen Erinnerungen nahmen den Schleier des Vergessens von seinem inneren Auge, wie ein Spinngewebe, das eine Frau von ihrem Spiegelglas entfernt. Als er das Innere des Tempels erreicht hatte, stand er still, als ob eine magnetische Kraft im Boden ihn anziehe. Da sah er vor sich eine zerbrochene Statue liegen. Unwillkürlich fiel er vor ihr nieder. Ungeahnte Gefühle überströmten ihn wie Blut aus einer offenen Wunde. Sein Herz klopfte bald heftig, bald stockend im Rhythmus der Gezeiten des Meeres. Er senkte seinen Blick und seufzte tief, denn er fühlte eine Einsamkeit, die ihn verwundete und eine unüberbrückbare Entfernung zwischen seinem Geist und der schönen Seele, die an seiner Seite stand, bevor er dieses Leben betreten hat. Er fühlte sein innerstes Wesen als Teil einer lodernden Flamme, die Gott vor Beginn der Zeit von ihm getrennt hatte.

Dann spürte Ali das leichte Flattern zarter Flügel zwischen seinen brennenden Rippen, und in den Windungen seines Gehirns wuchs ein starkes Gefühl der Liebe, das von seinem Herzen und seiner Seele Besitz ergriff. Jene Liebe, die die Geheimnisse des Geistes dem Gedanken offenbart und die durch ihr Wirken die Welt des Geistes von jener Welt trennt, die nur in Maßen und Mengen rechnet. Jene Liebe, die spricht, wenn die Lippen schweigen, und die wie eine Feuersäule erscheint, wenn die Dunkelheit alles andere unter ihrer Decke verbirgt. Diese göttliche Liebe überflutete in dieser Stunde Ali Husseinis Geist und weckte in ihm zugleich bittere und süße Gefühle, ebenso wie die Sonne Blüten und Dornen hervorbringt...

Doch was bedeutet diese Liebe, und woher kommt sie? Ist sie ein Gefühl, das beduinische Schönheiten in sein Herz säten, ohne daß seine Sinne es bemerkten? Ist es ein helles Licht, das vom Nebel verschleiert war und das nun hervorbricht, um die Leere seiner Seele zu erfüllen. Oder ist es ein Traum, der im Schweigen der Nacht entsteht, um sich über ihn lustig zu machen, oder ist es eine Wahrheit, die seit Anbeginn war und bis zum Ende der Zeiten sein wird?...

Mit einer Stimme, die sich kaum von einem Seufzer unterschied, sagte Ali: «Wer bist du, die du meinem Herzen so nah und meinen Blicken so fern bist, die mich von meinem Ich trennt und meine Gegenwart mit längst vergessenen Jahrhunderten verknüpft? Bist du ein Geist, der aus der Welt der Unsterblichen kommt, um mir die Nichtigkeit des Lebens und die Vergänglichkeit des Fleisches vor Augen zu führen, oder bist du die Dschinnenkönigin, die aus den Eingeweiden der

Erde kommt, um meine Sinne zu betören und mich zur Zielscheibe des Spottes für die Jünglinge meines Stammes zu machen. Wer bist du? Welcher Art ist die Faszination, die mich zugleich belebt und zerstört? Was für Gefühle sind das, die mich mit Feuer und Licht erfüllen? Wer bin ich, und wer ist das unbekannte Wesen, das ich ‹Ich› nenne, obwohl es mir fremd ist? Habe ich mit der Brise des Frühlings den Tau des Lebens getrunken und bin nun ein Engel, der alle Geheimnisse hört und sieht? Oder bin ich betrunken von einem Gebräu des Teufels und dabei blind geworden für die Wirklichkeit?»

Nach kurzem Schweigen fuhr er fort: «O du, die meine Seele mir offenbart und naherückt und welche die Nacht mir verbirgt und entfernt – Du schöner Geist, der in den Gefilden meiner Träume schwebt, du wecktest in meinem Innern Gefühle, die wie Blumen unter einer Schneeschicht schlummerten. Wie ein leichter Windhauch zogst du vorüber und berührtest meine Sinne, daß sie wie die Blätter eines Baumes zittern. Laß mich sehen, ob du mit dem Kleid der Materie bekleidet bist! Und wenn du nicht von dieser Erde bist, so befiehl dem Schlaf, meine Lider zu schließen, damit ich dir in meinen Träumen begegne! Laß mich dich berühren! Laß mich deine Stimme hören! Zerreiß den Schleier, der mein Sein umgibt, und zerstöre das Gewebe, das meine Göttlichkeit verhüllt! Gib mir Flügel, um zu den Versammlungsplätzen der Überirdischen zu fliegen, wenn du zu denen gehörst, die dort wohnen. Berühre mit deiner Zauberkraft meine Augen, und ich werde dir an die geheimen Plätze der Dschinnen folgen, wenn du eine ihrer Bräute bist! Leg deine unsichtbare Hand auf mein Herz, und führe mich zu dir, wenn es in deiner Macht steht, diejenigen zu dir zu holen, von denen du es wünschst!»

So flüsterte Ali in die Ohren der Dunkelheit Worte, die aus dem Echo einer Melodie in den Tiefen seines Herzens geboren wurden. Zwischen seiner Vision und der ihn umgebenden Realität schwebten die Schatten der Nacht wie Weihrauch, der aus seinen heißen Tränen aufstieg, und an den Mauern des Tempels erschienen zauberhafte Bilder in den Farben des Regenbogens.

Wie ein Prophet auf eine göttliche Offenbarung wartet, so erwartete Ali al-Husseini den Morgen. Er atmete schneller; seine Seele verließ ihn, schwebte um ihn herum und kehrte zu ihm zurück, als ob sie in den Ruinen eine verlorene Geliebte suche.

Der Morgen dämmerte, die göttliche Stille zitterte beim Vorbeiziehen der Morgenbrise und veilchenfarbenes Licht strömte in die leichte Luft. Die Erde lächelte das Lächeln eines Schlafenden, der im Traum das Bild seiner Geliebten sieht. Die Vögel kamen aus den Mauerspalten hervor, flogen zwitschernd über Säulen und Ruinen und kündigten den neuen Tag an. Ali stand auf, legte die Hand auf seine heiße Stirn und schaute sich um. Und er sah alles, was ihn umgab, mit staunenden Blicken, wie Adam, nachdem Gottes Hauch ihm die Augen geöffnet hatte. So ging er zu seinen Schafen, die sich erhoben, schüttelten und langsam hinter ihm her zu den grünen Feldern trotteten.

Ali ging seinen Schafen voraus und schaute mit großen Augen in die heitere, sonnenbeschienene Landschaft. Am Bach setzte er sich auf eine Bank unter einer Weide, deren Zweige bis zum Wasser herunterhingen, als wollten sie sich an seinem köstlichen Naß laben. Die Schafe weideten, und der Morgentau glänzte auf ihrer weißen Wolle.

Ali fühlte sein Herz heftig klopfen und seine Seele erzittern. Wie ein Schläfer, den die Sonnenstrahlen geweckt hatten, schaute er sich nach allen Seiten um. Da sah er ein Mädchen hinter den Bäumen hervortreten, die einen Tonkrug auf ihrer Schulter trug. Langsam näherte sie sich dem Bach. Ihre bloßen Füße waren feucht vom Tau. Als sie den Bach erreicht hatte und sich hinunter beugte, um ihren Krug zu füllen, erblickte sie die Bank auf der gegenüberliegenden Seite, und ihre Augen begegneten den Blicken Alis. Sie stieß einen leichten Schrei aus, warf ihren Krug auf den Boden und wich einen Schritt zurück wie jemand, der einen alten Bekannten wiedersieht, den er aus den Augen verloren hatte.

Minuten vergingen, und ihre Sekunden waren wie Lichter, die den Weg zwischen ihren beiden Herzen erhellten und aus der Stille seltsame Melodien hervorzauberten, die in ihren Seelen das Echo verklungener Erinnerungen weckten und einander in veränderter Umgebung zeigten, inmitten von Figuren, die nichts gemein hatten mit diesem Bach und diesen Bäumen. Sie schauten einander mit forschenden Blicken an, und beide fanden Wohlgefallen in den Augen ihres Gegenübers, und jeder vernahm die Seufzer des anderen mit dem Gespür der Liebe.

In allen Sprachen des Geistes kommunizierten sie miteinander, und als ein tiefes Wissen und volles Einverständnis ihre beiden Seelen erfüllt hatten, überquerte Ali den Bach, von unsichtbaren Mächten angezogen. Er näherte sich dem Mädchen, umarmte sie und küßte ihre Lippen, ihren Hals und ihre Augen. Sie bewegte sich nicht in seinen Armen, als ob die Süße der Zärtlichkeit sie ihres Willens beraubt hätte und die Sanftheit der Berührung ihr alle Kraft genommen hätte. Sie gab sich hin, wie der Duft des Jasmin sich den Winden überläßt. Wie ein Erschöpfter, der endlich Ruhe gefunden hat, legte sie ihren Kopf an seine Brust und seufzte tief. Ein Seufzer, der die Geburt des Glücks in einem gemarterten Herzen und die Bewegung des Lebens kundtut, das bisher in ihr geschlummert hatte und nun erwachte. Sie erhob ihren Kopf und nahm in seinen Augen den Blick eines schweigenden Mannes wahr, der die Sprache geringschätzt, die dem gewöhnlichen Menschen zur Verständigung dient, den Blick von jemandem, der es nicht billigt, daß die Seele der Liebe in einem Körper der Worte gefangen ist.

Die beiden Liebenden schritten umschlungen unter den Weidenbäumen, und die Harmonie ihrer Bewegungen spiegelte ihre innere Übereinstimmung. Sie waren ein Ohr, das in der Stille den Eingebungen der Liebe lauschte, und ein Auge, das die Wunder des Glückes wahrnahm. Die Schafe folgten ihnen, sich an Blumen und Gras labend, und die Vögel flogen über ihnen her und erfüllten die Luft mit ihrem Gezwitscher.

Als sie ans Ende des Tales gelangten, war die Sonne vollends aufgegangen und hatte um die Gipfel einen goldenen Mantel geworfen. In der Nähe eines Felsens setzten sie sich nieder inmitten der Veilchen, die in seinem Schatten Schutz suchten. Nach einer Weile schaute das Mädchen in Alis dunkle Augen, während der Morgenwind mit ihren Haaren spielte. Sie fühlte verzauberte Fingerspitzen ihre Zunge und Lippen berühren, und ihr Wille war wie gefangen genommen, als sie sagte:

«Astarte hat unsere beiden Seelen in dieses Leben zurückgebracht, damit uns die Wonnen der Liebe und das Glück der Jugend nicht untersagt seien, mein Geliebter!»

Ali schloß seine Augen, denn die Musik ihrer Worte hatte die Schatten eines Traumes in ihm wachgerufen, den er viele Male geträumt hatte. Er fühlte, wie unsichtbare Flügel ihn von diesem Ort davontrugen und ihn in einem Raum mit fremdartigem Dekor absetzten. Er stand dort am Bett einer wunderschönen Frau, deren Schönheit der Tod mit der Wärme ihrer Lippen hinwegraffte. Beim Gewahren dieser Szene stieß er einen lauten Schrei aus. Dann öffnete er seine Augen und sah das Mädchen an seiner Seite; auf ihren Lippen las er das Lächeln der Liebe, und in ihrem Blick leuchtete der Glanz des Lebens. Sein Gesicht entspannte sich, und sein Geist war erfrischt. Die schrecklichen Visionen waren zerstreut, und er vergaß beides – die Vergangenheit und die Zukunft.

Martha aus Ban

I

Marthas Vater starb, als sie noch in der Wiege lag, und bevor sie das zehnte Lebensjahr erreicht hatte, starb auch ihre Mutter. Ein armer Nachbar, der mit seiner Frau und seinen Kindern in einem abgelegenen, ärmlichen Bauernhaus in der beeindruckenden Gebirgslandschaft des Libanon wohnte und von den Früchten des Feldes lebte, nahm die Waise bei sich auf.

Bei seinem Tod hatte Marthas Vater nichts als seinen guten Namen hinterlassen und ein Häuschen, das zwischen Weiden und Walnußbäumen stand. Der Tod der Mutter hatte Martha schwer getroffen. Er hinterließ eine Leere in ihrem Herzen und überließ sie dem traurigen Los einer Waisen. Ihr Geburtshaus im Schatten hoher Bäume wurde ihr fremd.

Barfuß und in abgetragenen Kleidern führte sie täglich eine Kuh auf die Weide. Tagsüber saß sie unter einem Baum, sang mit den Vögeln und weinte mit dem Bach. Sie betrachtete die Blumen und beneidete die Kuh um ihre reiche Kost.

Wenn der Abend anbrach und sich der Hunger bemerkbar machte, kehrte sie ins Haus ihres Vormunds zurück und setzte sich mit seiner Familie an den Tisch, auf dem ein kärgliches Abendessen bereitet war, das aus Maisbrot, Oliven und getrockneten Früchten bestand. Sie schlief in einem Bett aus Stroh, und ihr Arm diente ihr als Kopfkissen. Vor dem Einschlafen betete sie, daß ihr Leben ein nie endender Schlaf sein möge.

Bei Tagesanbruch weckte sie ihr Vormund, damit sie die Hausarbeit erledigen konnte, bevor sie die Kuh auf die Weide führte. Aus Furcht vor seinem Zorn tat sie, was ihr befohlen wurde.

Auf diese Weise vergingen entbehrungsreiche Jahre, und Martha wuchs auf wie ein junger Baum. Wie der Duft in Blüten und Blumen, so entwickelte sich in ihr ein stilles, heiteres Gemüt. Sie überließ sich ihren Träumen und ihrer Phantasie und folgte ihnen wie die Schafe dem Fluß, an dessen Wassern sie ihren Durst stillen. Ihr Gemüt glich einem jungfräulichen Land, auf dem Verstand und Wissen noch keine Saat ausgestreut hatten, und ihre Seele war wie ein Schatten Gottes, der nichts anderes zu tun hatte, als zwischen Erde und Sonne zu verweilen.

Wir Städter, die wir inmitten der Anregungen und Ablenkungen der Städte leben, wissen so gut wie nichts vom Alltag der Dorfbewohner im Gebirge. Wir werden mitgerissen vom Strom des städtischen Getümmels, bis wir den Rhythmus des einfachen Lebens auf dem Lande vergessen, das im Frühling heiter lächelt, im Sommer keine Mühen scheut, im Herbst die Früchte dieser Mühen erntet und im Winter ruht. An Gold und Silber sind wir wohlhabender als sie, sie aber sind reicher an Würde und Ehre. Was wir ernten, säen wir nicht; sie aber ernten, was sie säen. Wir sind Sklaven unseres Gewinnstrebens geworden, und sie sind Kinder der Zufriedenheit. Unser Schluck aus dem Becher des Lebens ist mit Bitterkeit und Verdruß vermischt, sie aber stillen ihren Durst an reinem Lebensnektar.

Mit ihren sechzehn Jahren war Marthas Seele wie ein klarer Spiegel, der eine liebliche Landschaft reflektiert, und ihr Herz war wie ein tiefes Tal, in dem alle Stimmen widerhallen.

An einem Herbsttag saß sie an der Quelle und schaute auf die fallenden, bunten Blätter, die ein Windhauch von den Zweigen gelöst hatte, so wie der Tod die Seelen vom Baum des Lebens pflückt.

Sie betrachtete die vertrockneten Blumen, die ihre Samen dem Schoß der Erde anvertrauten, wie es Frauen mit ihrem Schmuck in Kriegszeiten zu tun pflegen.

Während sie bei der Betrachtung der Blumen und Bäume in Gedanken versunken war, hörte sie das Aufschlagen von Pferdehufen. Sie drehte sich um und erblickte einen Reiter, der sich näherte. Als er die Quelle erreicht hatte, und sie sein Gesicht und seine Kleidung sehen konnte, die seinen Wohlstand zum Ausdruck brachte, stieg er von seinem Pferd und grüßte sie mit galanten Worten, wie sie nie zuvor an ihr Ohr gedrungen waren. Dann fuhr er fort:

«Ich habe mich verirrt, junge Dame. Hätten Sie die Güte, mir den Weg zur Küste zu zeigen?» Sie entgegnete zögernd: «Ich bedaure, Ihnen den Weg nicht zeigen zu können, da ich mich nie von diesem Platz entfernt habe. Doch ich kann meinen Vormund fragen. Er kann ihnen gewiß helfen.»

Sie errötete vor Scham, als sie mit dem Fremden sprach, was ihr Gesicht noch zarter und schöner erscheinen ließ. Als sie weggehen wollte, um ihren Vormund zu holen, hielt er sie zurück und bat: «Geh nicht weg!»

Eine seltsame Macht in der Stimme dieses Mannes ließ sie unbeweglich verharren. Als Martha zu ihm aufblickte, bemerkte sie, wie er sie mit Interesse und Wohlgefallen musterte. Sie konnte seine Blicke nicht deuten. Er lächelte sie an und betrachtete ihre bloßen Füße, ihre anmutigen Arme, ihren zarten Nacken und ihre glänzenden Haare; er sah ihre sonnengewärmten Wangen und ihr wohlgeformtes Gesicht. Sie saß bewegungslos da und brachte kein einziges Wort hervor.

Die Kuh kehrte an diesem Abend alleine in ihren Stall zurück. Marthas Vormund suchte das ganze Tal nach ihr ab, ohne sie zu finden. Er rief nach ihr, doch er hörte nichts als sein eigenes Echo. Seine Frau weinte die ganze Nacht; am Morgen sagte sie: «Letzte Nacht sah ich Martha im Traum in den Klauen eines wilden Tieres, das sie tötete, während Martha zugleich lächelte und weinte.»

Das war alles, was ich von Marthas Leben im Gebirge in Erfahrung gebracht hatte. Ich erfuhr es von einem alten Dorfbewohner, der sie seit ihrer Kindheit kannte, bis sie plötzlich verschwunden war und nichts zurückgelassen hatte als die Tränen einer Frau und sporadische Erinnerungen, die am Morgen mit den leichten Winden durchs Tal ziehen.

II

Im Herbst des Jahres 1900 kehrte ich aus dem Nordlibanon – dort hatte ich meine Ferien verbracht –
nach Beirut zurück. Bevor das Semester an der
Universität begann, verbrachten meine Kamera-
den und ich noch eine Woche damit, durch Beirut
zu bummeln. Wir genossen die geschenkte Freiheit, die wir im Internat entbehren mußten, und
wir glichen Vögeln, deren Käfig geöffnet wird, damit sie nach Belieben ein- und ausfliegen können.
Die Jugendzeit ist ein schöner Traum, dessen
Leuchtkraft unter dem Staub der Bücher leidet.
Wird jemals der Tag kommen, an dem der Weise
die Freuden des Wissens mit den Träumen der Jugend verknüpft? Wird der Tag kommen, an dem
die Natur der Lehrmeister der Menschen sein
wird, die Menschlichkeit ihr Lehrbuch und das
Leben ihre Schule?

An jenem Tag wird sich der Traum der Jugend
verwirklichen. Unser Aufstieg zur Vergeistigung
vollzieht sich so schleppend, weil wir uns den Eifer
der Jugend zu wenig zunutze machen.

Als ich eines Abends das Gedränge in den Beiruter Straßen beobachtete und betäubt war vom Geschrei der Straßenhändler, bemerkte ich unter ihnen einen etwa fünfjährigen Jungen in zerschlissener Kleidung, der auf einem Tablett Blumen zum Kauf anbot. Mit zaghafter Stimme fragte er mich: «Wollen Sie nicht einige Blumen kaufen, mein Herr?»

Ich sah sein kleines, blasses Gesicht, seine scheuen Augen, seinen Mund, der wie eine Wunde leicht geöffnet war, und seine bloßen, dünnen Arme. Sein schwacher Körper war über das Blumentablett gebeugt wie ein Zweig welker Rosen auf frischem, grünem Gras. Ich nahm all diese Dinge mit einem Blick wahr, und ich versuchte, mein Mitleid durch ein Lächeln zum Ausdruck zu bringen, ein Lächeln, das bitterer war als Tränen. Ich kaufte ihm einige Blumen ab, doch was mir am Herzen lag, war mit ihm ins Gespräch zu kommen, denn ich fühlte, daß sein Herz eine Bühne war, auf der sich ein Drama des Elends abgespielt hatte, das zu sehen niemand bereit war, weil es bedrückt. Nachdem ich einige freundliche Worte mit ihm gewechselt hatte, faßte er Vertrauen; er sah mich erstaunt an, denn wie alle Armen war er es nicht gewohnt, daß man wohlwollend mit ihm sprach. Ich fragte ihn nach seinem Namen und erfuhr, daß er Fuad heißt.

«Wessen Sohn bist du, Fuad?» wollte ich wissen.

«Ich bin der Sohn von Martha aus Ban,» antwortete er.

«Und wer ist dein Vater?» fragte ich weiter.

Er schüttelte seinen Kopf wie jemand, der den Sinn der Frage nicht versteht.

«Wo ist deine Mutter jetzt, Fuad?»

«Sie liegt krank zu Hause.» erwiderte er.

Plötzlich kam mir die unvollendete Geschichte von Martha aus Ban wieder in den Sinn, die ich von einem alten Dorfbewohner gehört hatte. Und nun erfuhr ich, daß sie hier in der Nähe lebte und offenbar krank war. Die junge Frau, die gestern noch wohlauf war und heiteren Sinnes durch die Täler streifte und sich an der Schönheit der Schöpfung erfreute, erlitt nun bittere Not. Diese Waise, die ihre Jugend im Paradies der Natur verbracht hatte, war im Armenviertel dieser Stadt gestrandet, als Beute von Elend und Unglück.

Der Junge sah mich an, während ich mir all diese Dinge vor Augen führte. Als er sich anschickte zu gehen, nahm ich ihn bei der Hand und sagte:

«Bring mich zu deiner Mutter! Ich möchte sie gerne sehen.»

Er ging schweigend vor mich her; um sich meiner Gegenwart zu versichern, schaute er sich von Zeit zu Zeit um. Ich folgte Fuad durch enge, schmutzige Gassen, vorbei an verfallenden Häusern mit ekelhaften Gerüchen, wo Rechtsbrecher ihre Verbrechen ungestraft im Schutz der Dunkelheit begehen konnten.

Ich folgte dem Jungen und bewunderte seinen festen Schritt, denn man brauchte Mut, durch dieses Elendsviertel zu gehen, wo sich Gewalt, Verbrechen und Seuchen über den Ruhm dieser Stadt mokierten, die man ‹die Braut Syriens› oder ‹die Perle der Sultanskrone› nennt.

Am Ende einer der Gassen betrat der Junge ein besonders ärmliches Haus, das jeden Augenblick einzustürzen drohte. Mein Herz klopfte schneller, als ich Fuad in einen feuchten Raum ohne Licht und Luft folgte, der keine anderen Möbel enthielt als ein Eisenbett, auf dem eine Frau lag, beschienen vom schwachen Licht einer Petroleumlampe; sie lag mit ihrem Gesicht zur Wand, als ob sie der Armseligkeit und der Unterdrückung den Rücken kehren wollte.

Als der Junge ihre Schulter berührte und leise ‹Mama› sagte, drehte sie sich langsam um und sah ihn an. Fuad zeigte auf mich. Sie bewegte ihren schwachen Körper unter der zerschlissenen Bettdecke und sagte mit verzweifelter Stimme:

«Was willst du, Fremder? Bist du gekommen, um den letzten Rest meiner Seele zu kaufen, und sie mit deiner Lust zu beflecken? Geh, die Straßen sind voll von Frauen, die sich verkaufen. Was von mir noch übrigbleibt, wird der Tod bald in Besitz nehmen. Verlaß mich und meinen Jungen!»

Diese wenigen Worte faßten ihre tragische Lebensgeschichte zusammen. Ich näherte mich ihrem Bett und sagte:

«Martha, hab keine Angst vor mir! Ich komme nicht als begieriges Tier zu dir, sondern als mitfühlender Mensch. Ich wohnte lange Zeit in der Nähe deines Dorfes im Schatten der Zedern. Hab keine Angst vor mir!»

Als sie merkte, daß meine Worte aus einer mitfühlenden Seele kamen, zitterte sie wie ein dünner Zweig im Sturm. Sie bedeckte ihr Gesicht mit ihren Händen und versuchte, so die Erinnerung zu verbergen, deren Augenblick der Süße durch Bitterkeit verheert wurde. Dann sagte sie gefaßt:

«Sie kamen als Wohltäter hierher. Möge Gott Sie dafür belohnen. Dennoch bitte ich Sie zu gehen, denn Ihr Aufenthalt hier wird Sie entehren. Gehen Sie, bevor Sie jemand in diesem Zimmer entdeckt, und vermeiden Sie es, in dieser Gegend erkannt zu werden. Ihr mitfühlendes Herz kann weder meine Tugend wiederherstellen noch meine Schande wiedergutmachen. Auch kann sie mich nicht vor den Händen des Todes schützen. Meine eigene Schuld stürzte mich in dieses Elend. Lassen Sie nicht zu, daß Ihr Mitgefühl Sie in schlechten Ruf bringt. Ich bin eine Aussätzige, der man aus dem Weg gehen muß. Gehen Sie, bevor Sie noch angesteckt werden! Gehen Sie, und erwähnen Sie meinen Namen nicht im Heiligen Tal! Das räudige Schaf entfernt der Hirte aus seiner Herde, damit es die anderen nicht ansteckt. Wenn Sie von mir sprechen, sagen Sie, daß Martha aus Ban gestorben ist.»

Dann nahm sie die kleine Hand ihres Sohnes, küßte sie und fuhr fort:

«Die Menschen werden meinem Sohn vorwerfen, daß er die Frucht der Sünde sei. Er ist der Sohn von Martha aus Ban, der Ehebrecherin, werden sie sagen. Sie werden noch mehr sagen, denn sie sind blind, und sehen nicht. Sie sind unwissend, und es bleibt ihnen verborgen, daß er gereinigt wurde durch die Tränen und den Schmerz seiner Mutter und daß sie ihre Schuld bereits gesühnt hat durch ihr Leiden und ihr Unglück. Ich werde sterben und ihn als Waisen zurücklassen inmitten der Straßenkinder. Er wird allein sein in diesem harten Lebenskampf, allein mit seinen traurigen Erinnerungen. Wenn er feige ist, wird er sich dieser Erinnerungen schämen; ist er aber stark, so wird er sich gegen die Ungerechtigkeit solcher Verhältnisse auflehnen, und wenn er ein Mann geworden ist, wird er dem Himmel helfen gegen denjenigen, der ihm und seiner Mutter Unrecht angetan hat und über sie Schande brachte. Und wenn sein Tod naht, werde ich ihn in der Ewigkeit erwarten, wo Licht und Frieden ohne Ende herrschen.»

Von ihren Worten bewegt, erwiderte ich:

«Martha, du bist keine Aussätzige! Auch wenn unreine Hände dich berührten, so bleibt dein Herz rein. Der Schmutz des Körpers kann einer reinen Seele nichts anhaben. Schnee und Eis können das Samenkorn in der Erde nicht vernichten. Dieses Leben ist eine Tenne der Traurigkeit, auf der das Korn der Seelen zermahlen wird. Wehe den Körnern, die nicht durch diese Tenne gehen; sie werden von den Vögeln gefressen und gelangen nicht in die Speicher des Herrn der Tenne. Du wurdest ungerecht behandelt, Martha, und derjenige, der dich mißhandelte, ist der Sohn des Schloßherrn, der reich ist an Geld aber arm in seiner Seele. Es ist besser für den Menschen, ungerecht behandelt zu werden, als selbst ungerecht zu sein. Besser ist es, ein Opfer menschlicher Schwäche zu werden, als zu den Starken und Unterdrückern zu gehören, welche die Blumen des Lebens mit ihren Füßen zertreten. Unsere Seele, Martha, ist ein goldenes Glied einer göttlichen Kette; das Feuer kann den Ring in seiner Form verändern, aber sein Material bleibt immer Gold und läßt sich nicht in eine andere Substanz umwandeln; im Gegenteil, das Feuer vermehrt den Glanz und die Reinheit des Goldes. Doch wehe der Spreu! Sie wird vom Feuer vernichtet werden, und von ihr wird nichts übrig bleiben als Asche; und wenn sich ein Sturm erhebt, wird er die Asche über die Wüste zerstreuen. Du bist eine Blume, Martha, die von dem Tier in Menschengestalt zertreten wurde. Doch der Duft der Blume, der zum Himmel steigt, konnte nicht zertrampelt werden.»

Während Martha mir aufmerksam zuhörte, erhellte sich ihr bleiches Gesicht wie Wolken, die von der untergehenden Sonne beleuchtet werden. Mit einer Geste lud sie mich ein, mich auf die Bettkante zu setzen. Ich betrachtete das Gesicht dieser jungen Frau, die im Frühling ihres Lebens stand und die sich ihres baldigen Todes bewußt war, eine verlassene Frau, die einst gesund und munter in den schönen Tälern des Nordlibanon lebte und die nun darauf wartete, daß die Bande zerschnitten würden, die sie an dieses Leben fesselten. Sie nahm all ihre verbleibende Kraft zusammen und flüsterte unter Tränen:

«Ja, ich bin all das, was du sagst. Ich bin ein Opfer des Raubtieres in Menschengestalt. Ich bin eine von den Hufen des Tieres zertretene Blume. Ich saß an der Quelle, als ein Reiter kam ... er sprach mit freundlichen Worten zu mir, wie ich sie nie zuvor gehört hatte ... er zog mich an sich und küßte mich ... er setzte mich auf sein Pferd und brachte mich in ein prächtiges Haus ... er schenkte mir Kleider aus Seide und duftende Parfüms ... er gab mir köstliche Speisen und Getränke. Doch sein gewinnendes Lächeln, seine freundlichen Worte und Gesten verbargen unreine Absichten. Nachdem er mich entehrt hatte, verließ er mich und lud auf meine Seele die Last der Schuld und Schmach. Er ließ mich allein mit der lebendigen Flamme in meinem Schoß. Er spaltete mein Leben in zwei Teile: mein hilfloses Ich und mein Kind ... uns war kalt, und wir waren hungrig ... wir waren allein und ohne Hilfe ... nur Tränen, Seufzer, Sorgen und Angst waren unsere Begleiter ... Um meinen Sohn zu ernähren, verkaufte ich meine Ehre gegen Nahrung und Kleidung ... Wie oft war ich nahe daran, mir das Leben zu nehmen, aber ich war nicht allein, sondern hatte für mein Kind zu sorgen. Doch nun ist endlich die Stunde gekommen, und der geliebte Tod naht, um mich unter seinen schützenden Fittichen zu bergen.»

Nach einer Weile des Schweigens sagte sie ruhig:

«O Gerechtigkeit, die du dich hinter so schrecklichen Bildern verbirgst, hör das Rufen meiner scheidenden Seele und das Flehen meines gebrochenen Herzens! Hab Erbarmen mit uns! Führe mit deiner Rechten meinen Sohn und empfange mit deiner Linken meine Seele!»

Ihre Kräfte schwanden, und ihr Atem wurde immer schwächer. Sie blickte liebevoll auf ihren

Sohn, und mit kaum hörbarer Stimme flüsterte
sie:

«Vater unser ... im Himmel ...

Dein Name werde geheiligt ...

Dein Reich komme ...

Dein Wille geschehe ...

wie im Himmel ... so auf Erden ...

Vergib uns unsere Schuld ...»

Ihre Stimme verließ sie, aber ihre Lippen be-
wegten sich noch einen Augenblick. Dann tat sie
ihren letzten Atemzug. Ihre Augen blieben offen,
als schauten sie das Unsichtbare.

Als der Morgen anbrach, wurde Martha aus Ban
in einen einfachen Holzsarg gelegt und von zwei
Männern zu einer Gruft getragen, die weit entfernt von Beirut lag.

Die Priester hatten sich geweigert, sie in ge-
weihter Erde zu begraben, wo das Kreuz über die
Toten wacht. Niemand begleitete sie zu ihrer letzten Ruhestätte außer ihrem Sohn und einem jungen Mann, den das Leben Mitleid und Barmherzigkeit gelehrt hatte.

Johannes der Narr

Im Sommer trieb Johannes jeden Morgen seine Ochsen und Kälber aufs Feld, wobei er den Pflug auf seinen Schultern trug. Er lauschte dem Zwitschern der Drosseln und dem Rascheln der Blätter an den Zweigen.

Mittags setzte er sich an einen Bach zwischen grünen Weiden und verzehrte seinen Proviant; und was von seinem Brot übrig blieb, bekamen die Vögel des Himmels.

Am Abend, wenn die Sonne untergegangen war, kehrte er in sein kleines Haus zurück, das die Dörfer und Weiler des Nordlibanon überragte. Er setzte sich zu seinen alten Eltern und lauschte ihren Gesprächen, die um Geschehnisse aus früheren Zeiten kreisten, bis ihn der Schlaf übermannte.

Im Winter setzte er sich an den Ofen. Er hörte das Heulen des Windes und das Klagen der Elemente, während er sich wärmte. Seine Gedanken folgten den Jahreszeiten, und er schaute durch ein Lukenfenster auf die schneebedeckten Täler und die kahlen Bäume, die ihm wie arme Bettler erschienen, die dem strengen Wind und der schneidenen Kälte draußen unbarmherzig ausgeliefert worden waren.

An den langen Winterabenden wartete er, bis seine Eltern zu Bett gingen; dann öffnete er einen alten Holzschrank, holte das Neue Testament hervor und las darin im schwachen Licht einer Petroleumlampe. Von Zeit zu Zeit warf er einen verstohlenen Blick auf seinen schlafenden Vater, der ihm verboten hatte, dieses Buch zu lesen.

Die Priester hatten es nämlich den einfachen Menschen untersagt, sich ohne Anleitung mit der Lehre Christi vertraut zu machen, und sie hatten gedroht, diejenigen aus der Kirche auszuschließen, die es dennoch taten.

So verbrachte Johannes seine Jugend zwischen der Natur mit all ihren Wundern und dem Evangelium mit der Fülle seines Lichtes und Geistes. Er war schweigsam und machte sich über vieles Gedanken. Wenn seine Eltern sich unterhielten, beteiligte er sich nicht an ihren Gesprächen. Auch wenn er Gleichaltrige traf, blickte er schweigend zum Himmel, wo sich das Abendrot ins Blau des Luftmeeres mischte.

Immer wenn er einen Gottesdienst besucht hatte, kehrte er enttäuscht und entmutigt zurück, denn die Lehren, die er von Kanzel und Altar vernahm, klangen anders als die seines Evangeliums; und wie Geistliche und Gläubige miteinander umgingen, entsprach nicht den Empfehlungen Jesu, des Mannes aus Nazareth.

*

Der Frühling kam, und der Schnee verschwand von Feldern und Weiden; auch auf den Gipfeln der Berge begann das Eis zu schmelzen und ergoß sich in Sturzbächen hinunter ins Tal. Das Rauschen der Bäche und Flüsse verkündete allerorten das Erwachen der Natur. Mandelbäume und Apfelbäume standen in Blüte, und auf den Hügeln zeigten sich die ersten Blumen und Kräuter.

Johannes war es leid, noch länger am Ofen zu sitzen, und da er wußte, daß auch seine Tiere der Enge des Stalles überdrüssig waren und sich nach den grünenden Weiden sehnten, ließ er sie ins Freie, zumal das Heu und die Gerste bald zur

Neige gingen. Er versteckte das Neue Testament unter seinem weiten Mantel und führte seine Herde auf die Weide. Er gelangte zu einer Anhöhe, die das Tal überragte und ihm zu allen Seiten die schönsten Ausblicke bot. Nicht weit entfernt von diesem Ort lag ein Kloster wie eine riesige Festung.*

Während seine Tiere weideten, setzte sich Johannes auf einen Felsen und meditierte bald über die Schönheit des Tales und bald die Zeilen seines Buches, die das Königreich Gottes beschrieben.

Es war der letzte Tag der Fastenzeit, und die Bewohner der umliegenden Dörfer, die während der gesamten Wochen des Fastens auf den Genuß von Fleisch verzichtet hatten, erwarteten ungeduldig das Osterfest. Doch wie alle armen Bauern kannte Johannes keinen Unterschied zwischen der Fastenzeit und den übrigen Wochen des Jahres, denn seine Mahlzeiten bestanden selten aus mehr als dem Brot, das er im Schweiße seines Angesichts verdient hatte, und aus Früchten, die er sich durch harte Arbeit erkauft hatte.

---

* Es handelt sich um ein reiches Kloster im Nordlibanon, das dem Heiligen Elysäus geweiht ist, und in dem zehn Mönche leben, die man die Aleppiner nennt.

Der Verzicht auf Fleisch und köstliche Speisen
war für ihn ein Dauerzustand. So bedeutete ihm
die vorösterliche Zeit keine außergewöhnliche
körperliche Entbehrung, sondern vielmehr war sie
ihm eine Zeit der Besinnung, denn er hielt sich in
diesen Wochen die Passion und den Tod des Men-
schensohnes vor Augen.

Scharen von Tauben flogen über Johannes da-
hin, die Vögel zwitscherten, und die Blumen
wiegten sich im leichten Wind. Johannes las in seinem Evangelium und sann über das Gelesene nach.
Dann hob er seinen Kopf und sah die Glocken-
türme der umliegenden Kirchen; und als die Glok-
ken zu läuten begannen, schloß er seine Augen,
und seine Seele entschwebte ins alte Jerusalem.

Dort folgte er den Spuren Christi und befragte
die Passanten auf den Straßen nach dem Menschensohn. Und man antwortete ihm: «Hier hat er
den Blinden geheilt und dort den Lahmen.» «Hier
flocht man ihm einen Dornenkranz und krönte
ihn damit.» «Unter diesen Arkaden hielt er seine
Schritte an und sprach zu der Volksmenge in
Gleichnissen.» «In jenem Palast banden sie ihn an
eine Marmorsäule, spuckten ihm ins Gesicht und
geißelten ihn.» «Hier verzieh er der Sünderin ihre

Schuld.» «Dort fiel er unter der Last des Kreuzes zu Boden.»

So vergingen Stunden, in denen Johannes mit dem Menschensohn litt und mit ihm verherrlicht wurde. Am Mittag erhob er sich, um nach seiner Herde zu sehen. Er schaute sich nach allen Seiten um, aber er konnte sie nicht entdecken. Er wunderte sich über ihr Verschwinden, da es in diesem grünen Tal ausreichend Nahrung für sie gab. Dann folgte er der kurvenreichen Straße und sah in der Ferne einen Mann in schwarzer Kleidung im Garten stehen. Beim Näherkommen stellte er fest, daß der Mann ein Mönch des nahen Klosters war. Er grüßte ehrerbietig, indem er sich vor ihm verneigte, und fragte ihn, ob er seine Ochsen und Kälber gesehen habe. Der Mönch erwiderte streng:

«Ja, ich habe sie gesehen. Komm, ich zeige sie dir!»

Johannes lief hinter dem Mönch her, bis sie das Kloster erreichten. Dort standen seine Tiere mit Stricken angebunden auf einem eingezäunten Platz, bewacht von einem Mönch, der eine Peitsche in der Hand hielt, und sobald sich eins der Tiere bewegte, ihm damit Hiebe versetzte. Als Johannes versuchte, seine Tiere loszubinden, hielt der Mönch ihn an seinem Umhang fest, blickte zu den Arkaden des Klosters auf und rief:

«Hier ist der kriminelle Hirte! Ich habe ihn festgehalten!»

Von allen Seiten eilten die Priester und Mönche herbei, an ihrer Spitze der Abt, der sich sowohl durch seine Kleidung als auch durch seine verschlossenen Gesichtszüge von den anderen unterschied. Sie umkreisten Johannes wie Krieger, bevor sie sich auf ihre Beute stürzen. Johannes sah den Abt an und fragte ihn ruhig:

«Was habe ich getan, daß man mich festhält und als Kriminellen bezeichnet?»

Der Abt entgegnete wütend: «Deine Ochsen haben unsere Pflanzen und Weingärten zerstört. Wir halten dich fest, weil der Hirte für seine Herde verantwortlich ist.» Johannes bat um Verständnis: «Es sind Tiere, die keinen Verstand haben, Vater, und ich bin arm; ich besitze nichts als die Kraft meiner Hände und diese Herde. Laßt mich mit meinen Tieren weggehen, und ich verspreche Euch, nie mehr hierher zurückzukehren.»

Der Abt näherte sich ihm, hob seine Hand zum Himmel und sagte: «Gott hat uns diesen Ort anvertraut, und uns aufgetragen, die Ländereien des

Heiligen Elisäus zu schützen. Wir tun es Tag und Nacht mit allen unseren Kräften, denn dieses Stück Erde ist heilig; diese Erde ist wie das Feuer, das jeden verbrennt, der sich ihr nähert. Und wenn du dich weigerst, dem Kloster den erlittenen Verlust wiedergutzumachen, der durch deine Herde entstanden ist, so wird das Gras im Magen deiner Tiere zu Gift werden und sie vernichten. Doch wir werden deiner Weigerung zuvorkommen. Wir werden deine Herde so lange hier behalten, bis du den letzten Pfennig deiner Schuld beglichen haben wirst.»

Der Abt schickte sich an zu gehen; Johannes hielt ihn fest und beschwor ihn: «Ich flehe dich an, Vater, mich mit meiner Herde ziehen zu lassen! Seid nicht hartherzig an diesem Tag, an dem Christus für uns gelitten hat und seine Mutter Maria um ihn trauerte. Ich bin arm und mittellos, und das Kloster ist reich und wohlhabend. Verzeiht meine Unaufmerksamkeit und habt Mitleid mit meinem alten Vater.»

Der Abt sah ihn von oben herab an und sagte: «Egal, ob du reich oder arm bist, das Kloster kann dir keineswegs verzeihen. Außerdem führe keine heiligen Namen in deinem Munde, denn ich kenne ihre Geheimnisse besser als du! Wenn du deine Herde zurückhaben willst, mußt du sie gegen drei Dinare eintauschen für das, was sie dem Kloster an Schaden zugefügt haben.»

«Ich besitze keinen Piaster, Vater!» entgegnete Johannes. «Habt Erbarmen mit mir und meiner Armut!» Der Abt strich sich durch den Bart und erwiderte: «Geh, und verkauf einen Teil deines Feldes, und bring uns die drei Dinare. Es ist besser, ohne Feld in den Himmel zu kommen, als den Zorn des heiligen Elisäus auf sich zu lenken, und am Ende deines Lebens in die Hölle zu gelangen, wo ewiges Feuer brennt.»

Johannes schwieg eine Weile; plötzlich blitzten seine Augen, und seine unterwürfige Haltung wandelte sich in Stolz, seine flehende Simme wurde fest, und er sagte: «Muß der Arme sein Land verkaufen, die Quelle seines Lebensunterhalts, um den Erlös den Schatztruhen des Klosters hinzuzufügen, die voll sind von Gold und Silber? Ist es gerecht, daß der Arme immer ärmer wird und der Elende vor Hunger stirbt, damit der große Elisäus meinen hungrigen Tieren ihre Übergriffe verzeiht?»

Der Abt schaute zum Himmel und sagte: «Es

steht geschrieben: Dem der hat, wird gegeben, und dem der nichts hat, wird das wenige, was er besitzt, genommen werden.» Als Johannes diese Worte hörte, wurde er zornig. Wie ein Soldat, der zur Verteidigung sein Schwert zieht, griff er nach dem Evangelium in seiner Tasche, zog es hervor und sagte: «So verfälscht ihr die Lehren dieses Buches, ihr Heuchler! Auf diese Weise bedient ihr euch des Heiligsten, um das Übel zu verbreiten! Wehe wenn der Menschensohn zurückkehrt! Er wird eure Klöster zerstören und die Steine ins Tal werfen. Er wird eure Altäre, Bilder und Statuen verbrennen. Die Tränen seiner Mutter werden zu einem Wasserfall werden, der euch in den Abgrund zieht. Mit eurer schwarzen Kleidung verbergt ihr eure schwarzen Seelen. Mit euren Lippen betet ihr, doch eure Herzen sind hart wie Stein! Ihr kniet vor dem Altar, während eure Seele gegen Gott rebelliert! Ihr haltet mich wie einen Verbrecher fest wegen ein wenig Getreide, das die Sonne für euch und für mich gleichermaßen wachsen ließ. Als ich euch im Namen Christi um Gnade bat in diesen Tagen seiner Passion, da habt ihr euch über mich lustig gemacht. Nehmt dieses Buch und zeigt mir darin, wann Christus nicht verziehen hat, wenn man ihn darum bat! Lest diese himmlische Tragödie und zeigt mir, wo und wann Christus ohne Barmherzigkeit und Mitleid zu den Menschen sprach, etwa in der Bergpredigt oder im Tempel? Vergab er der Ehebrecherin nicht ihre Schuld? Hat er nicht auf Golgatha am Kreuz seine Arme ausgebreitet, um die Menschheit zu umarmen?

Seht euch um in den Städten und Dörfern, ihr Hartherzigen! In ihren ärmlichen Hütten leiden Kranke auf kärglichen Lagern, Unschuldige füllen die Gefängnisse, auf den Straßen schlafen Fremde und flehen Bettler um Almosen, und auf den Friedhöfen klagen die Witwen und Waisen. Ihr dagegen genießt die Früchte des Feldes und den Wein der Rebstöcke in Sorglosigkeit. Ihr besucht keinen Kranken, tröstet keinen Gefangenen und gebt keinem Hungernden zu essen, ihr nehmt keinen Fremden auf und sprecht keinem Verzagten Mut zu. Wenn ihr wenigstens zufrieden wäret mit dem, was ihr unseren Vorfahren mit List weggenommen habt! Aber ihr streckt eure Hände immer noch wie Schlangenköpfe aus, um an euch zu reißen, was die Witwe durch die Arbeit ihrer Hände erspart hat, und was die Bauern sich für ihre alten Tage zurückgelegt haben.»

Johannes schwieg einen Moment, um Luft zu holen, dann hob er stolz seine Stimme: «Ihr seid zahlreich, und ich bin allein. Macht mit mir, was ihr wollt! Der Wolf greift das Lamm im Dunkel der Nacht an, doch die Blutspuren haften auf den Steinen im Tal, und wenn die Sonne aufgeht, wird das Verbrechen für alle sichtbar.»

Johannes zügelte seine Worte nicht, und in seiner Stimme schwang eine Macht, welche die Mönche sprachlos werden ließ und zugleich in ihrem Innern Unmut und Empörung erregte, und sie warteten nur auf ein Zeichen ihres Abtes, um ihn anzugreifen.

Als er seine Rede beendet hatte, entstand eine Stille wie die Stille nach einem Unwetter. Schließlich sagte der Abt zu seinen Mönchen: «Haltet den Gottlosen! Nehmt ihm das Buch ab, und bringt ihn in die Zelle! Wer die Auserwählten Gottes schmäht, dem wird nicht verziehen werden, jetzt nicht und in Ewigkeit nicht!»

Die Mönche stürzten sich auf Johannes, fesselten ihn und brachten ihn in einen engen, dunklen Raum, wo sie ihn einschlossen, nachdem sie ihn mit Händen und Füßen gepeinigt hatten.

Obwohl sie Johannes in einer dunklen Zelle

eingesperrt hatten, stand er dort in der Haltung eines Unbezwingbaren.

Er schaute durch eine Fensterluke auf das sonnenbeschienene Tal. Sein Gesicht hellte sich auf; Freude erfüllte seine Seele und süßer Friede bemächtigte sich seiner Gefühle. Nur seinen Körper konnten sie in dieser Klause gefangenhalten, seine Gedanken waren frei und streiften über Felder und Hügel. Die Hände der Mönche, die ihn geschlagen hatten, konnten seinen Geist nicht erreichen, er wußte sich geborgen in der Liebe des Nazaräers. Verfolgungen erreichen den Gerechten nicht, und die Ungerechtigkeit berührt ihn nicht. Sokrates trank lächelnd den Giftbecher, und Paulus war heiter, als sie ihn steinigten. Das Gewissen ist es, was uns leiden läßt, wenn wir ihm zuwiderhandeln, und wenn wir es verraten, bringt es uns um.

Die Eltern von Johannes erfuhren, was ihrem einzigen Sohn widerfahren war. Auf ihren Stock gestützt schleppte sich seine alte Mutter zum Kloster. Sie warf sich dem Abt zu Füßen, küßte seine Hände und bat weinend um Barmherzigkeit für ihren Sohn, dessen Schuld er verzeihen möge.

Der Abt erhob seine Augen zum Himmel und sagte: «Wir wollen deinem Sohn seine Unachtsamkeit und Verrücktheit verzeihen, doch das Kloster hat seine heiligen Rechte, die wiederhergestellt werden müssen. Wir verzeihen die Vergehen der Menschen, aber der große Elisäus wird demjenigen nicht vergeben, der seine Weingärten und Pflanzungen zerstörte.»

Die Mutter blickte ihn an, und Tränen rannen über ihr faltiges Gesicht. Dann löste sie ihre goldene Kette vom Hals und legte sie in die Hand des Abtes und sprach: «Ich besitze nichts als diese Kette, Vater; meine Mutter schenkte sie mir am Tage meiner Hochzeit. Möge das Kloster sie annehmen als Sühne für das Vergehen meines Sohnes.»

Der Abt nahm die goldene Kette an sich und steckte sie in seine Tasche. Dann sah er die alte Frau an, die ihm dankbar die Hände küßte und sagte: «Wehe dieser Generation! Wahrlich das Bibelwort hat sich verkehrt: Die Kinder essen saure Trauben, und den Eltern werden die Zähne stumpf. Geh jetzt, gute Frau, und bete für deinen verrückten Sohn, damit der Himmel ihn heilt und ihm seinen Verstand zurückgibt.»

Johannes durfte sein Gefängnis verlassen. An der Seite seiner gebeugten Mutter ging er ruhig vor seiner Herde her. Als sie ihr Haus erreicht hatten, führte er seine Herde in den Stall. Dann setzte er sich schweigend ans Fenster und betrachtete den Sonnenuntergang. Eine Weile später hörte er seinen Vater seiner Mutter ins Ohr flüstern:

«Du hast mir nie geglaubt, Sara, wenn ich dir sagte, daß unser Sohn verrückt ist. Heute haben seine Taten meine Worte unter Beweis gestellt; und der ehrenwerte Abt des Klosters hat bestätigt, was ich dir immer gesagt habe.» Johannes verharrte in der Betrachtung des Sonnenuntergangs.

Ostern kam, und auf die Abstinenz beim Essen folgte der Überfluß der Speisen. In Becharre waren die Bauarbeiten an einem neuen Gotteshaus rechtzeitig zum Fest beendet worden. Die Kirche nahm sich aus wie die Residenz eines Emirs inmitten ärmlicher Hütten. Nun erwarteten die Bewohner von Becharre die Ankunft ihres Bischofs, der die Kirche und ihren Altar weihen sollte. Sie säumten die Straßen, die zu ihr hinführten, und standen dichtgedrängt um das Gotteshaus.

Sobald der Bischof die Stadt erreichte, geleitete man ihn unter den Klängen von Tamburinen und Zimbeln und dem Geläute der Glocken in die Stadtmitte. Als er von seinem prächtigen Pferd abstieg, dessen Sattel mit bunten Farben bestickt war und dessen Zaumzeug aus Silber war, hießen ihn die Vornehmen der Stadt mit wortreichen Reden, mit Poesie und Hymnen willkommen. Im Vorraum der Kirche ließ er sich sein mit Goldfäden besticktes, bischöfliches Gewand anlegen sowie seine perlengeschmückte Mitra aufsetzen. Dann nahm er den goldenen Bischofsstab mit den kostbaren Steinen in seine Hand und zog mit den Priestern zum Altar und um diesen herum, während die Gemeinde Lieder und Hymnen sang und die Meßdiener die goldenen Weihrauchfässer schwenkten.

Johannes stand unter den Bauern am Eingang der Kirche und beobachtete dieses Schauspiel mit traurigen Augen und bitteren Seufzern. Er sah auf der einen Seite die reichbestickten Seidengewänder, die goldenen Gefäße und Weihrauchbehälter sowie die Lüstern aus reinem Silber und auf der anderen Seite die Menge der Armen und Notleidenden, die aus den Dörfern und Weilern zusammengeströmt waren, um dieses Osterfest zu begehen und um der Einweihung ihres Gotteshauses beizuwohnen.

Hier die Majestät in Samt und Seide und dort das Elend in zerschlissener und geflickter Kleidung; hier eine Gruppe, die stark und prunkvoll zugleich die Religion repräsentiert, und in gebührendem Abstand das schwache, gedemütigte Volk, das sich über die Auferstehung Christi von den Toten freut und deren mit Seufzern vermischte Gebete aus dem Innersten ihrer gebrochenen Herzen aufsteigen. Auf der einen Seite die Kleriker und Feudalherren, die dank ihrer Autorität ein Leben führen, das den immergrünen Zypressen gleicht, und auf der anderen Seite die armen Landarbeiter, die wegen ihrer Untertänigkeit ein Leben fristen, das einem Boot gleicht, dessen Steuermann der Tod ist. Die Planken des Schiffes wurden von den Wellen zerfressen und sein Segel vom Sturm zerfetzt; bald hebt es sich, bald senkt es sich unter den Hieben des Sturmes, zwischen Tyrannei und blinder Unterwerfung treibend.

Welche von den beiden Haltungen bedingt die andere? Ist es die Tyrannei, die ein so starker Baum ist, der auf einer anderen Erde nicht wachsen kann, oder ist die Unterwerfung wie ein Feld, auf dem nur Dornen überleben?

Solche Überlegungen beschäftigten Johannes während des Gebets. Er kreuzte seine Arme über seiner Brust, als ob er diese vor dem Zersprengen schützen müßte.

Kaum war die Zeremonie der Einweihung beendet, da spürte Johannes, wie die Kraft eines unbekannten Geistes sich seiner bemächtigte und ihn gegen seinen Willen antrieb, im Namen des Volkes das Wort zu ergreifen und sich zum Fürsprecher der Unterdrückten zu machen. Bevor sich die Menschen zu zerstreuen begannen, ging er zu einer erhöhten Säulenhalle am Ende des Platzes, hob seine Augen zum Himmel und wandte sich mit lauter Stimme an die Menschenmenge:

«O Jesus von Nazareth, der du inmitten eines Lichtkreises thronest, schau durch die blaue Himmelskuppel auf diese Erde, und sieh, wie die Dornen der Wildnis die Blumen ersticken, die du im Schweiße deines Angesichts gesät hast!

Guter Hirte, sieh wie die Krallen der wilden Tiere das schwache Lamm zerreißen, das du auf deiner Schulter getragen hast. Sieh, dein reines Blut ist in den Schoß der Erde versickert, und deine heißen Tränen sind in den Herzen der Menschen getrocknet; deine Seufzer hat der Wüstenwind hinweggefegt. Diese Erde, die von deinen Füßen geheiligt wurde, haben deine Feinde in ein Schlachtfeld verwandelt, auf dem die Starken die Schwachen zertreten. Die Schreie der Elenden, die aus den Tiefen aufsteigen, werden nicht vernommen von den Machthabern, die auf goldenen Thronen sitzen, und die Klagen der Schwachen werden nicht gehört von denen, die von den Kanzeln deine Botschaft verkünden. Die Lämmer, die du auf diese Erde sandtest, um das Wort des Lebens zu predigen, haben sich in wilde Tiere verwandelt, welche die Schafe zerfetzen, die du auf deinen Armen trugst.

Das Wort des Lebens, das du aus dem Herzen Gottes auf die Erde brachtest, ist aus den Büchern verschwunden; es wurde ersetzt durch Lärm, der die Seelen in Schrecken versetzt.

O Jesus, sie haben diese Kirchen und Altäre zu ihrem eigenen Ruhm errichtet und sie mit Seide und Gold geschmückt, während sie die Körper der Armen, die du ausgewählt hast, nackt in den kalten Straßen liegen ließen. Sie füllten die Luft der Kirchen mit Weihrauch und Kerzenschimmer, und sie versäumten es, die Mägen deiner Gläubigen mit Brot zu füllen. Sie luden die Atmosphäre auf mit Hymnen und Gebeten, und es entgingen ihnen die Klagen der Waisen und die Seufzer der Witwen.

Komm zurück, lebendiger Jesus, und vertreibe die Händler der Religion aus deinem Tempel. Sie verwandelten ihn in eine Höhle, in der die Schlangen der Heuchelei und List herumkriechen.

Komm zurück, o Jesus, und laß diese schlechten Verwalter Rechenschaft ablegen. Mit Gewalt nahmen sie den Armen, was sie besitzen, und selbst das, was Gott gehört.

Komm und sieh den Weinberg, den du mit deinen eigenen Händen gepflanzt hast: die Würmer haben ihn zerfressen, und die Trauben wurden von den Vorübergehenden zertreten.

Kehre zurück, und sieh, wem du deinen Frieden anvertraut hast: deine Friedensboten sind untereinander gespalten und bekämpfen sich gegen-seitig; und die Opfer ihrer Kriege sind unsere betrübten Seelen.

Bei ihren Festen und Zeremonien erheben sie ihre Stimmen und singen: Ehre sei Gott in der Höhe und auf Erden Friede und den Menschen Freude. Wird dein himmlischer Name wirklich verherrlicht, wenn sein Name von sündigen Lippen und falschen Zungen gepriesen wird? Wird es auf Erden Frieden geben, solange die Armen auf den Feldern ihre Kräfte erschöpfen, um die Starken und Unterdrücker zu nähren. Und wird es auf Erden Freude geben, solange die Unglücklichen und Unterdrückten mit gebrochenen Blicken auf den Tod schauen, der sie retten wird.

Und was ist der Friede, süßer Jesus? Ist er in den Augen der traurigen Kinder an den Brüsten ihrer Mütter zu finden, die hungrig sind und die frieren in ihren kalten Hütten? Ist er bei den Bedürftigen, die auf Betten aus Stein schlafen und sich nach den Speisen sehnen, mit denen die Mönche in ihren Klöstern ihre fetten Schweine mästen.

Und was ist die Freude, o schöner Jesus? Zeigt sie sich, wenn der Emir die Kraft der Männer und die Ehre der Frauen mit ein paar Silberlingen erkauft, während wir schweigen? Kann sie sich verwirklichen, solange wir uns denen mit Leib und Seele unterwerfen, die unsere Augen blenden durch den Glanz ihres Goldes sowie ihrer kostbaren Gewänder? Und wenn wir uns ungerecht behandelt fühlen und nach Gerechtigkeit rufen, so schicken sie uns ihre Soldaten, die mit Schwertern bewaffnet sind, und die Hufe ihrer Pferde zertrampeln unsere Frauen und Kinder, und die Erde wird trunken von unserem Blut.

Strecke deine Hand aus, starker Jesus! Befreie uns vom Arm der Unterdrücker, der schwer auf uns lastet. Oder sende uns den Tod, der uns zu unseren Gräbern führt, wo wir in Frieden ruhen werden, im Schutze deines Kreuzes. Und dort werden wir deine Wiederkehr erwarten, denn dieses Leben ist kein Leben für uns; es ist eine Finsternis, in der sich die bösen Geister tummeln, und eine Schlucht, in der gefährliche Schlangen kriechen. Unsere Tage gleichen scharfen Schwertern, welche die Nächte unter unseren Bettdecken nur notdürftig verstecken, während sie am Morgen hervorgeholt werden und über unseren Häuptern schwingen, wenn uns die Sorge um unser karges Leben auf die Felder treibt.

O Jesus, erbarme dich dieser Menschenmengen, die sich heute hier versammelt haben, um deine Auferstehung von den Toten zu feiern. Erbarme dich ihrer Schwäche und ihrer Schmach!»

Während Johannes mit dem Himmel Zwiesprache hielt, waren die Menschen um ihn herum in zwei Lager gespalten: Die einen stimmten dem zu, was er kundtat, die anderen waren nicht einverstanden und widersprachen. Einer der Zuhörer rief:

«Er sagt nichts als die Wahrheit, und er spricht in unser aller Namen, denn wir werden in Wahrheit ungerecht behandelt.»

Ein anderer entgegnete: «Er ist von einem bösen Geist besessen, der aus ihm spricht.»

Wieder ein anderer murrte: «Noch nie haben wir von unseren Vätern und Vorvätern eine so törichte Rede gehört; wir wollen sie auch jetzt nicht hören.»

Ein Herumstehender flüsterte seinem Nachbarn ins Ohr: «Seine Worte wecken einen neuen Geist in mir, denn eine unbekannte Macht spricht aus ihm.»

«Ja,» antwortete dieser, «aber unsere Priester wissen am besten, was dem Volk guttut. Es wäre falsch, ihre Worte in Zweifel zu ziehen.»

Während sich die Stimmen von allen Seiten erhoben, und das Stimmengewirr dem Rauschen des Meeres glich, trat einer der Priester auf Johannes zu, nahm ihn fest und übergab ihn der Polizei, damit ihn diese zum Verhör in den Gouverneurspalast überstellte.

Johannes antwortete mit keinem Wort, als man ihn nach seinem Tun befragte; er dachte daran, wie auch Jesus vor seinen Verfolgern geschwiegen hatte. Man steckte ihn in eine finstere Gefängniszelle, in der er die Nacht, mit sich in Frieden seiend, verbrachte, und mit seinem Kopf an die Wand seines Kerkers gelehnt, ruhig einschlief.

Am folgenden Morgen trat Johannes Vater in aller Frühe vor den Gouverneur, um Zeugnis abzulegen, daß sein Sohn geistesgestört sei. Er sagte: «Ich hörte ihn oft in der Einsamkeit mit sich selbst reden, mein Herr. Dann spricht er von seltsamen Dingen, die keinen Bezug zur Wirklichkeit haben. Viele Nächte verbringt er, indem er, mit den Schatten der Finsternis Zwiesprache hält, dabei spricht er mit einer furchterregenden Stimme, die der von Geistesbeschwörern gleicht. Fragt die jungen Leute in unserer Nachbarschaft, mein Herr, sie werden seine Neigung zur überirdischen Welt und zu okkulten Dingen bestätigen. Wenn sie ihn ansprechen, antwortet er nie oder mit Worten, die ihnen unverständlich sind und die in keiner Beziehung zu ihren Fragen stehen. Frag seine Mutter! Sie kennt ihn besser als jede andere. Auch sie weiß, daß sein Geist eine andere Welt behaust, die weit entfernt von allen uns sinnlich wahrnehmbaren Dingen liegt. Oft sah sie, wie er den Horizont mit verzückten Blicken anstarrte und wie ein Kind zu Bäumen, Flüssen, Blumen und Sternen sprach. Erkundigt euch bei den Mönchen des Klosters, mit denen er kürzlich einen Streit vom Zaun brach, weil er sich belustigte über ihre Askese und Frömmigkeit.

Er ist von Sinnen, mein Herr, aber er ist sehr besorgt um seine Mutter und mich, und er sorgt für unseren Lebensunterhalt; er arbeitet im Schweiße seines Angesichts, um uns in unserem Alter zu ernähren und zu wärmen. Habt Erbarmen mit ihm und mit uns! Verzeiht ihm seine Geistesgestörtheit in Anbetracht der ihm eigenen Liebe zu seinen Eltern.»

Johannes wurde freigelassen, und die Nachricht, daß er verrückt sei, verbreitete sich im ganzen Dorf. Die Jünglinge verspotteten ihn, und die jungen Mädchen sagten mit Bedauern: «Wie merkwürdig ist das Schicksal! Der Himmel hat in diesem Jüngling die Schönheit seines Gesichts und die Gestörtheit seiner Sinne vereint, ebenso wie er den Glanz seiner Augen mit der Finsternis einer kranken Seele zusammenführte.»

* * *

Inmitten der mit Gras und Blumen übersäten Gärten und Hügel sitzt Johannes bei seiner Herde und
beobachtet die Tiere, die unbehelligt von den Sorgen der Menschen friedlich weiden.

Mit tränenfeuchten Augen schaut er zu den
Dörfern und Weilern an den Abhängen des Gebir-
ges und sagt seufzend: «Ihr seid zahlreich, und ich
bin allein. Sagt über mich, was ihr wollt, und macht
mit mir, was euch beliebt. Die Wölfe überfallen das
Lamm im Dunkel der Nacht, doch die Blutspuren
haften auf den Steinen im Tal, und das Verbrechen
wird für alle sichtbar, wenn die Sonne aufgeht.»

Zu den Bildern

Alle Bilder wurden von der Künstlerin Françoise Girardot Hiestand gemalt. Sie ist in Frankreich geboren und studierte in Paris an der Académie Montparnasse und den Arts appliqués.

Françoise Girardot Hiestand hat mehrere Bücher von Khalil Gibran im Walter Verlag mit ihren Bildern ausgestattet:

Der Prophet; Und die Hoffnung ging vor mir her; Die Musik / Der Reigen; Sand und Schaum und *Die sieben Worte der Weisheit.*

Diverse Ausstellungen in Paris, Genf, Besançon und Winterthur.

Die Bilder sind in Acryl und Ölfarben gemalt.

Umschlagbild: Richesse des songes
Seite 17: L'amour
Seite 25: L'ange
Seite 37: La parole
Seite 57: Accusateurs

Fotografien: Gérald Allain, Annemasse, Frankreich